Casterman
Cantersteen 47, boîte 4
1000 Bruxelles
Belgique

www.casterman.com

ISBN : 978-2-203-20868-1
N° d'édition : L.10EJCN000687.N001

D'après les albums de Gilbert Delahaye et Marcel Marlier.
Achevé d'imprimer en juillet 2020 en Chine par RR Donnelley, Units 2010-11, 20/F, C-Bons International Center,
108 Wai Yip Street, Kwun Tong, Kowloon, Hong Kong.
Dépôt légal : octobre 2020; D.2020/0053/384
Déposé au ministère de la Justice, Paris (loi n°49.956 du 16 juillet 1949 sur les publications destinées à la jeunesse).

Gilbert Delahaye ◆ Marcel Marlier

martine

vive noël !

casterman

• Découvre les personnages de cette histoire •

Martine

Joyeuse et curieuse, Martine adore s'amuser avec ses amis et son petit chien Patapouf. Ensemble, ils découvrent le monde et vivent de véritables aventures. Une chose est sûre : avec Martine, on ne s'ennuie jamais !

Jean

C'est le petit frère de Martine. Avec Jean, Martine se sent grande, et ça lui plaît beaucoup. En plus, tous deux s'entendent à merveille. Être grande sœur, c'est le bonheur !

Gabriel

Le voisin. Il vient souvent donner un coup de main à Martine et Jean. Son esprit inventif fourmille de bonnes idées !

Patapouf

Ce petit chien est un vrai clown ! Il fait parfois des bêtises… mais il est si mignon que Martine lui pardonne toujours !

C'est les vacances ! Et dans quelques jours, ce sera Noël…

Dehors, tout est couvert de neige et les branches des arbres brillent de cristaux de glace. Neige et soleil : un temps idéal pour la luge !

– Un, deux, trois… C'est parti ! lance Papa.

– Youpiiiii ! crient les enfants, ravis.

Le soir, le père de Martine sort un album photo.

– J'ai toujours adoré la période de Noël, dit-il. L'hiver, la neige, le sapin...

– … Et l'étang gelé où nous allions patiner ! ajoute Maman.

– Tu les as toujours, tes patins ? demande Martine.

– Ils doivent être au grenier… Vous pouvez monter voir !

Dans le grenier, il fait sombre.
Les enfants ne sont pas
rassurés…

– Dépêchons-nous de chercher !
décide Martine.
En fouillant, ils dénichent des tas
de vieilles affaires.
– Je me demande qui était
ce vieux monsieur… dit Jean
en observant un portrait.
– Un ancêtre, sans doute.
Il a l'air drôlement sérieux…
Mais lui aussi a dû jouer ici
en attendant Noël !

Martine et son frère ont beau chercher, les patins sont introuvables.
Quelle déception !
La fillette s'imagine glissant sur l'étang glacé, comme sa maman au même âge.
« J'aimerais tellement savoir patiner… pense-t-elle. Il est peut-être encore temps de commander des patins au Père Noël ? »

– Je vais téléphoner au Père Noël ! annonce Martine, le lendemain matin. Son numéro est dans le catalogue de jouets.

– Oui, le voici ! Il faut faire le 01 33 22 11 00…

Martine compose le numéro. Pas de chance : c'est le répondeur. Elle laisse tout de même un message :

– Bonjour, monsieur le Père Noël, je suis Martine. J'aimerais recevoir des patins à glace cette année !

Martine vient de raccrocher quand des hurlements parviennent de dehors. C'est la voix de Gabriel…

– Venez vite ! Votre Patapouf va se noyer ! Il courait sur l'étang gelé… et la glace a craqué !

Le frère et la sœur se précipitent à l'extérieur, et sautent dans une barque.

– Tiens bon, Patapouf ! crie Martine en tendant une épuisette pour le repêcher.

Mais de retour sur la terre ferme, le petit chien ne bouge plus…

– Il a dû boire la tasse… déclare Gabriel. Il faut le mettre au chaud, et vite !

– Comment le sauver ? s'alarme Martine. Il est gelé… il risque d'attraper une pneumonie. Il nous faut de l'aide, et vite !

– Pas loin, il y a une grande maison ! dit Gabriel. C'est notre seule chance. Suivez-moi !

Arrivés devant la bâtisse, les enfants frappent à la porte.

– Ouvrez-nous, s'il vous plaît ! appelle Jean. Notre petit chien a perdu connaissance… Et il tombera très malade s'il se refroidit encore !

– Il n'y a personne… se désole Martine.

– Là-bas ! s'écrie soudain Gabriel. Une étable !

Par chance, la porte de l'étable est ouverte !

Les enfants entrent et Martine attrape une poignée de paille pour frictionner Patapouf. Au bout de quelques secondes…

« Ouaf… Ouaf… »

Le petit chien se réveille ! Martine le serre dans ses bras.

– J'ai eu si peur… dit-elle en l'embrassant.

Peu à peu, Patapouf
se rétablit. Il s'ébroue, fait
quelques pas chancelants…
Ça va déjà mieux.
– Elle est bizarre,
cette étable… constate
alors Martine. Regardez
les animaux !
– On dirait des vaches…
avec de drôles de cornes, dit Jean.
– Mais non ! corrige Gabriel. Ce sont des rennes !
– Et derrière cette porte ?

– Waouh… font les enfants en chœur.

Il y a des jouets partout ! Des marionnettes, des poupées, des animaux en peluche… Tous sont rangés sur des étagères qui montent jusqu'au plafond !

– Certains sont même suspendus aux poutres… murmure Gabriel en levant la tête.

Et ce n'est pas tout !
Un peu plus loin se dresse
un château fort miniature,
avec des figurines de chevaliers,
de soldats et de chevaux…
– Exactement ce que
j'ai demandé pour Noël…
souffle Jean, émerveillé.

Les enfants n'ont jamais vu autant de jouets.

Il y en a pour tous les âges, de toutes sortes et de toutes tailles !

– Vous avez vu ces peluches géantes ? s'exclame Jean. L'éléphant est tellement grand que je peux m'en servir comme fauteuil !

Les autres éclatent de rire en le voyant s'affaler !

– On se croirait chez un marchand de jouets, constate Martine.
D'ailleurs, ces paquets sont prêts à être expédiés : ils portent
des étiquettes !
– Celui-ci est adressé à « Adèle, Ferme des Acacias »… lit Jean.
Et celui-là à « Léo, rue des Peupliers… »
Soudain, ils se figent.
Sur l'étiquette suivante est écrit : « Pour Gabriel, allée des Jonquilles ».

La petite bande se précipite dehors.

– Vous pensez comme moi ?

demande Martine, le cœur battant.

– Cette maison… acquiesce Jean.

C'est celle du Père Noël !

– Personne d'autre ne doit savoir

qu'il vit ici… conclut sa sœur.

Il faut garder le secret ! Promis ?

– Oui ! jurent les garçons.

Sur la tête de Patapouf !

Les jours suivants, les enfants s'occupent à la maison.

Martine tricote une écharpe pour son chien.

– Pour qu'il n'attrape jamais froid ! dit-elle en repensant à l'accident.

La nuit de Noël arrive enfin.

Martine et Jean se postent en haut de l'escalier dans l'espoir de voir le Père Noël.

Mais une nuit, c'est long… et les enfants finissent par s'endormir.

Même Patapouf et Moustache ne résistent pas au sommeil !

Le lendemain matin, quand Martine ouvre les yeux…

– Le Père Noël est passé ! s'écrie-t-elle en découvrant les cadeaux.

Dans un paquet, elle trouve une lettre :

« *Chère Martine,*

Voici une paire de patins…

comme ceux de ta maman !

Joyeux Noël !

Père Noël. »

Martine ne perd pas une minute !

Elle file à l'étang et s'élance sur la glace. Elle s'imagine déjà, glissant gracieusement comme sa mère ! Un pas, deux pas et...

Patatras !

Elle dérape et s'étale de tout son long !

– Je sais déjà ce que je demanderai pour Noël prochain... plaisante-t-elle. Des cours de patinage !

Retrouve martine dans d'autres aventures !

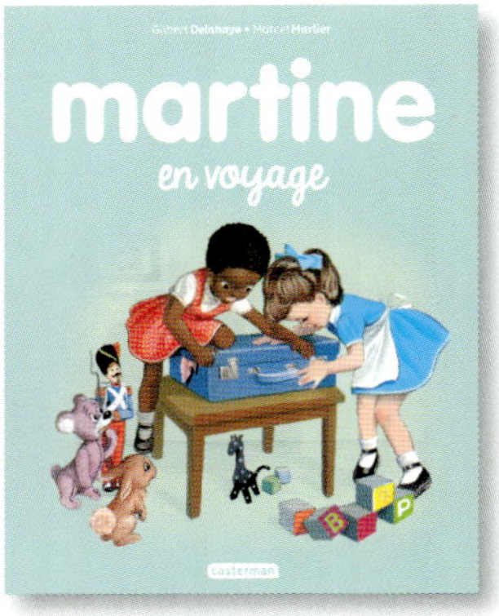

Gilbert Delahaye • Marcel Marlier
martine
au parc
casterman

Gilbert Delahaye • Marcel Marlier
martine
garde son petit frère
casterman

Gilbert Delahaye • Marcel Marlier
martine
fête son anniversaire
casterman

Gilbert Delahaye • Marcel Marlier
martine
jardine
casterman

Gilbert Delahaye • Marcel Marlier
martine
fait du vélo
casterman

Gilbert Delahaye • Marcel Marlier
martine
petit rat de l'opéra
casterman

Gilbert Delahaye • Marcel Marlier
martine
à la fête des fleurs
casterman

Gilbert Delahaye • Marcel Marlier
martine
fait la cuisine
casterman

Gilbert Delahaye • Marcel Marlier
martine
apprend à nager
casterman

Gilbert Delahaye • Marcel Marlier
martine
est malade
casterman

Gilbert Delahaye • Marcel Marlier
martine
en vacances
casterman

Gilbert Delahaye • Marcel Marlier
martine
prend le train
casterman

Gilbert Delahaye • Marcel Marlier
martine
fait de la voile
casterman

Gilbert Delahaye • Marcel Marlier
martine
et le petit moineau
casterman

Gilbert Delahaye • Marcel Marlier
martine
et le petit âne
casterman

Gilbert Delahaye • Marcel Marlier
martine
fête maman
casterman

Gilbert Delahaye • Marcel Marlier
martine
en montgolfière
casterman

Gilbert Delahaye • Marcel Marlier
martine
à l'école
casterman

Gilbert Delahaye • Marcel Marlier
martine
découvre la musique
casterman

Gilbert Delahaye • Marcel Marlier
martine
a perdu son chien
casterman

Gilbert Delahaye • Marcel Marlier
martine
dans la forêt
casterman

Gilbert Delahaye • Marcel Marlier
martine
et le cadeau d'anniversaire
casterman

Gilbert Delahaye • Marcel Marlier
martine
et la sorcière
casterman

Gilbert Delahaye • Marcel Marlier
martine
un mercredi pas comme les autres
casterman

Gilbert Delahaye • Marcel Marlier
martine
la nuit de Noël
casterman

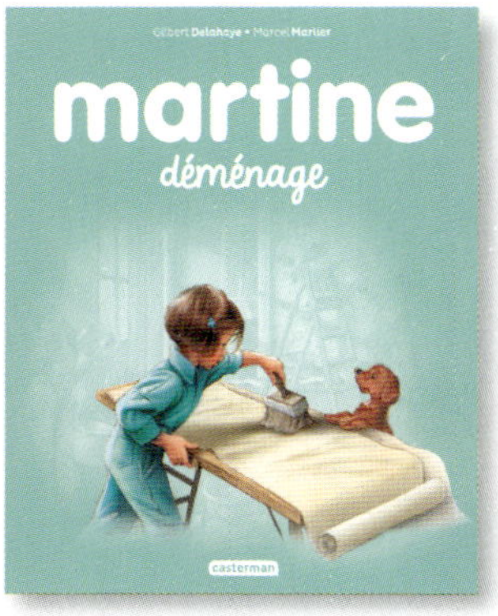
Gilbert Delahaye • Marcel Marlier
martine
déménage
casterman

Gilbert Delahaye • Marcel Marlier
martine
se déguise
casterman

Gilbert Delahaye • Marcel Marlier
martine
et les chatons
casterman

Gilbert Delahaye • Marcel Marlier
martine
et les lapins du jardin
casterman

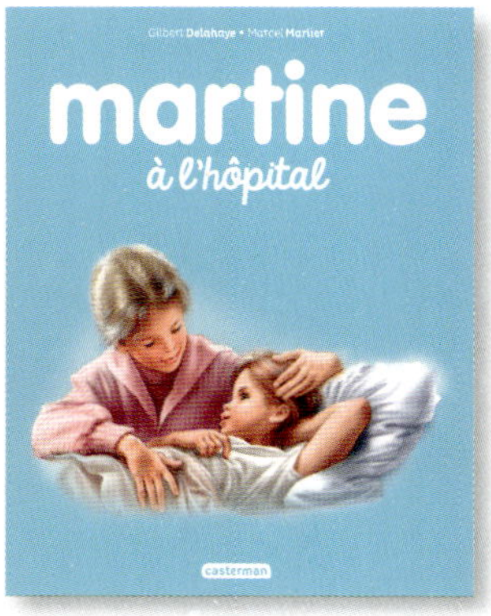
Gilbert Delahaye • Marcel Marlier
martine
à l'hôpital
casterman

Gilbert Delahaye • Marcel Marlier
martine
baby-sitter
casterman

Gilbert Delahaye • Marcel Marlier
martine
en classe de découverte
casterman

Et découvre
les histoires
de **martine**
racontées par
Ludivine Sagnier :